Tedd Arnold

SCHOLASTIC INC.

¡Especialmente a Owen y Kei!

Originally published in English as *Fly Guy and the Frankenfly*

Translated by J.P. Lombana

ISBN 978-0-545-75709-6

12 11 10 9 8 7 6 5 4 3 2 15 16 17 18 19/0

Printed in the U.S.A. 40
First Spanish printing, September 2014

Un niño tenía una mosca de mascota. La mosca se llamaba Hombre Mosca. Hombre Mosca podía decir el apodo del niño:

Capítulo 1

En una noche de tormenta muy oscura, Buzz y Hombre Mosca jugaban.

Buzz hizo rompecabezas para los dos.

Buzz hizo disfraces para los dos.

Buzz hizo un dibujo para los dos.

Hasta que Buzz dijo:
—Es hora de dormir,
Hombre Mosca.

Hombre Mosca dijo:

¡HAZZZIENDO!

Mientras se dormía,
Buzz pensó: “¿Qué estará
haciendo Hombre Mosca?”.

Capítulo 2

Más tarde esa misma noche, una luz extraña despertó a Buzz.

Hombre Mosca estaba haciendo algo en su laboratorio.

¡Estaba haciendo un monstruo!

Hombre Mosca prendió el interruptor.
El monstruo se sentó.

—¡Es Frankenmosca! —gritó Buzz.

Frankenmosca oyó a Buzz.

Se paró.

Caminó hasta la cama.

Frankenmosca alzó a Buzz.

Hombre Mosca gritó:

Hombre Mosca apagó
el interruptor.
PRENDIDO
APAGADO
PLAS

Frankenmosca soltó a Buzz
y cayó sobre la cama.

Capítulo 3

Buzz se cayó de la cama y se despertó. Había amanecido.

—¡Vaya! —dijo Buzz—. Tuve una *pesadilla*.

Hombre Mosca no estaba en su cama.

Estaba durmiendo en el escritorio.

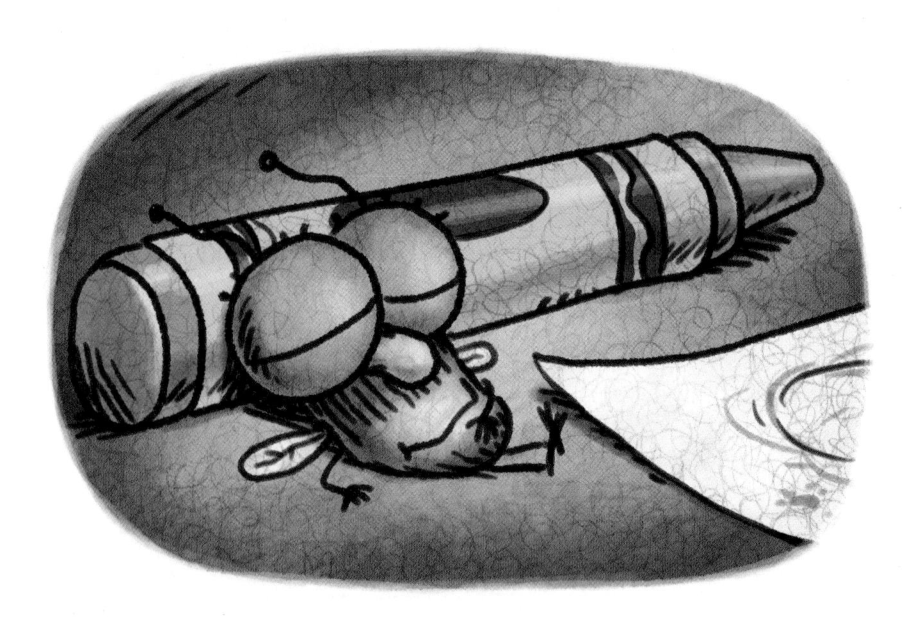

—Hombre Mosca —dijo Buzz—, ¿hiciste algo anoche?

Hombre Mosca dijo:

—¿Me hiciste a mí? —preguntó Buzz.

—¡ZZÍ! —dijo Hombre Mosca,
y señaló un papel.
—¡Soy yo! —dijo Buzz.

—¡Es un dibujo de nosotros dos! —dijo Buzz.

—¿Cómo lo pintaste? Mis pinceles son muy grandes para ti.

¡FÁZZZIL!
JUGO DE
UVA

—¡Somos los MEJORES amigos del mundo! —dijo Buzz.